童謠細人歌

Hakka Nursery Rhymes

廖德添——編著

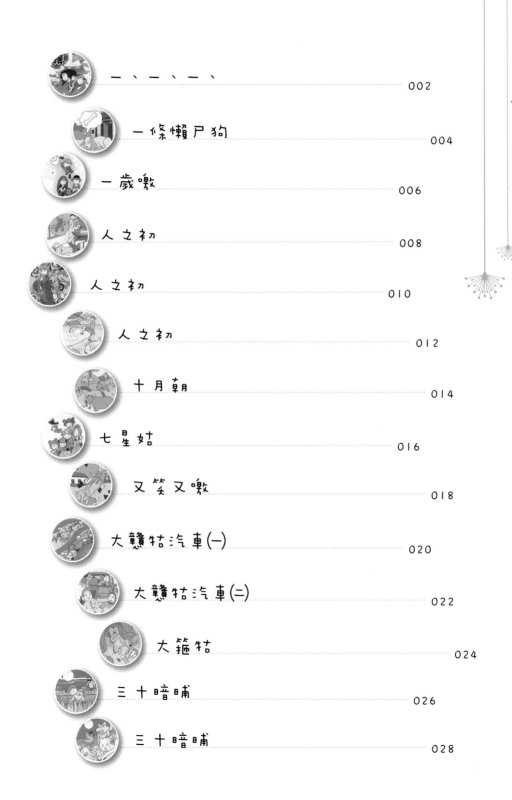

目錄

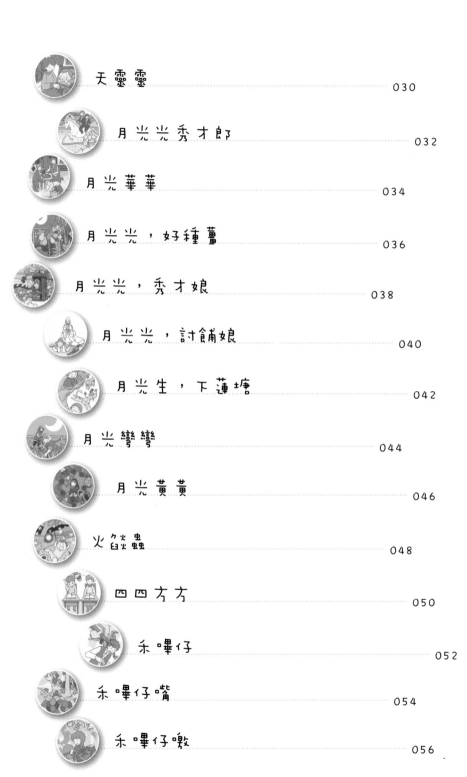

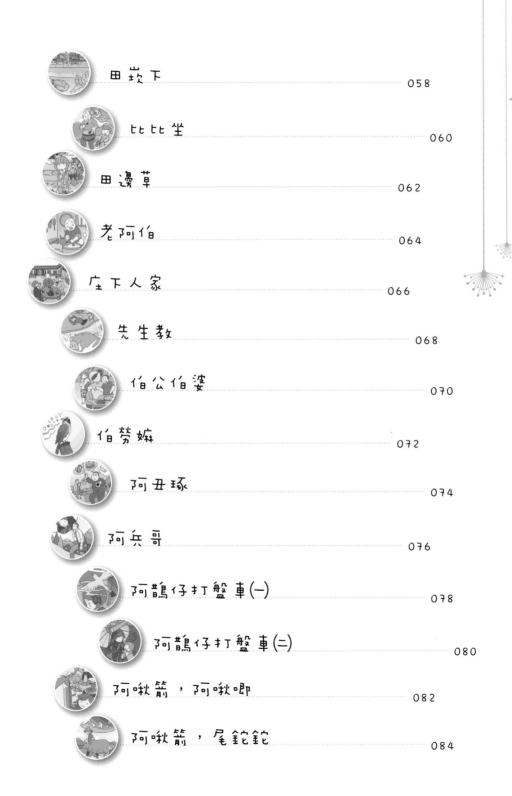

目錄

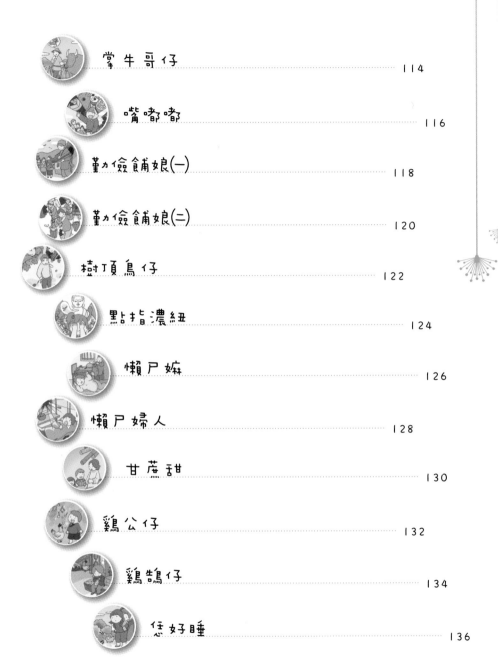

童謠細人歌

一、一、一、

一、一、一、松樹尾項一支筆。
兩、兩、兩、兩子親家打巴掌。
三、三、三、脫去舊襖換面衫。
四、四、四、兩子親家打鬥敘。
五、五、五、五月十五好嫁女。
六、六、六、河背村莊火燒屋。
七、七、七、木匠師傅使油漆。
八、八、八、窮苦人家舐糜鉢。
九、九、九、兩子親家啉老酒。
十、十、十、粢粑粄仔軟習習。

囍

一條懶尸狗

一條懶尸狗，
坐在大門口，
目珠捩捩轉，
想食豬骨頭。

一歲噭

一歲噭。
兩歲笑。
三歲撿柴阿姆燒。
四歲學織蔴。
五歲常經布。
六歲學繡花。
七歲繡出牡丹花。
八歲媒人來講親。
九歲到郎家。
十歲帶子轉外家。
阿爸接著笑一場。
阿姆接著剷豬羊。

人之初

人之初，先生教偓摸乳菇。
性本善，先生教偓孩火炭。
害偓跌到滾滾輾。

人之初

人之初，性本善。
擎斧頭，燒火炭。
狗拖犂，奮奮綻。
降个妹仔做阿旦。
阿旦面恁靚，
著个衫褲盡臭腥、盡臭腥。

人之初

人之初，性本善，
上背埔，改蟲蠦，
改著蟲蠦釣魚去，
釣分先生好傍飯。

十月朝

十月朝，
放牛鷰，
狐狸吊頸死，
老虎跌斷腰。

七星姑

七星姑，七姊妹，打開園門偷摘菜。
摘一皮，留一皮，留到過年嫁滿姨。
莫嫁上，莫嫁下，嫁到河背老屋下。
廳下掃淨來啉酒，禾埕掃淨來騎馬。
一騎騎到大樹下，樹下井水好泡茶。

又笑又嗷

又笑又嗷，阿公剾老貓，
貓仔叫挹挹，阿公著紅鞋，
紅鞋脫啊忒，貓仔鑽入泥。

大戇牯汽車(一)

先生講；路像一條河壩。

偓想；車仔就係水竇肚个蝦公蛤蟆。

一輛又一輛，

一陣又一陣个汽車。

泅來泅去，走上又走下。

大戇牯汽車(二)

橫打直過，毋看路，

看著老阿伯，

喊：弟弟、弟弟。

看著細阿哥，

顛倒喊：

爸爸、爸爸、爸爸。

大箍牯

大箍牯，食飯傍菜脯，
三餐無米煮，上山打老虎，
老虎走入山窿肚，
笑佢大戇牯，笑佢大戇牯，
笑佢目汁濫泔，轉去打老鼠。

三十暗晡

三十暗晡出大月光，
瘸手出來偷挷秧，
青瞑仔看著，
啞狗喊講：捉來滂。

三 十 暗晡

三十暗晡出月光，
青瞑看著賊偷秧，
鷄湊狐狸來相打，
老鼠同貓相爭郎。

天靈靈

天靈靈，地黃黃，
我家有个嗷眵王，
路過君子念三遍，
一夜好睡到天光。

月光光秀才郎

月光光，秀才郎，騎白馬，過蓮塘，
蓮塘背，種韮菜，韮菜花，結親家，
親家門口一口塘，畜个鯉嫲八尺長，
頭尾拿來煮酒食，中央賣來討餔娘。
討个餔娘矮侷侷，煮个飯香哼哼，
討个餔娘高天天，煮个飯臭火煙。

月光華華

月光華華，細妹煵茶，阿哥兜凳，人客食茶，
滿姑洗身，跌忒手巾，麼人拈到，老弟拈著，
愛還偓抑毋還偓，毋還偓也好，
加下大哥轉來會打，細哥轉來會罵，
毋使打，毋使罵，十七、十八偓會嫁，
嫁到哪位？嫁到河壩背。鵝仔孩水，鴨洗菜，
狐狸燒火，貓炒菜，鷄公礱穀，狗踏碓，
豬嫲舀水淋韮菜。

月光光，好種薑

月光光，好種薑，薑必目，好種竹，
竹開花，好種瓜，瓜㕧大，摘來賣，
賣著三个錢，學打棉，棉線斷，
學打磚，磚斷截，
學打鐵，鐵生鹵，
學剛豬，豬會走，
學剛狗，狗會咬，
學剛鳥，鳥會飛，
飛到大樹下，拈著一粒大西瓜，
煮分親家食，瀉到滿廳下。

月光光，秀才娘

月光光，秀才娘，船來等，轎來扛。
一扛扛到河中央，蝦公毛蟹拜龍王，
龍王腳下一蕊花，拿分阿妹轉外家，
轉到外家，笑哈哈。

月光光，討餔娘

月光光，討餔娘，船來等，轎來扛，
一扛扛到河中心，蝦公毛蟹拜觀音，
觀音腳下一頭禾，割著三擔又一籮，
大人孩一擔，細人扛一籮，扛到背駝駝。

月光生，下蓮塘

月光光，下蓮塘，拗蓮莖，扛新娘，
扛鷄公，鷄公叫，扛條貓，貓會走，
扛條狗，狗會咬，爬上樹頂撿柴燒，
撿分大姊來煮朝。

（海陸腔）

月光彎彎

月光彎彎彎上天，
牛角彎彎彎兩片，
鐮仔彎彎好割草，
犂轅彎彎好耕田。

月光黃黃

月光黃黃，打開園門摘檳榔，
洗淨淨，搵烏糖，打扮阿姊去學堂。
學堂轉，嫁筆管，筆管空，嫁相公。
相公矮，嫁毛蟹，毛蟹瘦，嫁銀樓。
銀樓金，嫁觀音。觀音下來拜四拜。
黃狗咬著觀音帶。觀音帶上有隻錢，買黃蓮。
黃蓮苦，買豬肚。豬肚薄，買菱角。
菱角扁，買馬鞭。馬鞭長，買屋樑。
屋樑高，買支刀。好切菜，好切蔥。
一切切著手指公。一盆血，一盆膿。

火ㄅㄧㄠˋ火ㄅㄧㄠˋ蟲（火焰蟲）

火焰蟲，唧唧蟲，桃樹下，吊燈籠，
燈籠光，照四方，四方暗，跌落崁，
崁下一枚針，拈來送觀音，
觀音面前一頭禾，
割著三擔又一籮，分得你來佢又無。

四四方方

四四方方一張枱，
年年讀書侹也來，
你讀三年毋識字，
侹讀三年中秀才。

禾嗶仔

禾嗶仔，尾盯盯，
揹銃仔，打先生，
先生翻啊轉，
賞只燒屁卵。

禾嗶仔嘴

禾嗶仔，嘴哇哇，
上桃樹，嚙桃花，
桃花李花給你嚙，
莫嚙到牛眼摎荔枝花，
牛眼留來生貴子，
荔枝留來轉外家。

禾嗶仔噭

禾嗶仔吱吱嘎嘎
飛上桃樹摘桃花。
桃花李花分你摘，
莫摘吾个牡丹花，
牡丹花愛留來，分吾个阿姊轉外家。

田𡒄下

田𡒄下，十八家，
朝朝䟘床看水花，
無米煮，煮泥砂，
無眠床，睡廳下，
無被蓋，禾稈遮，
無米食，食樹芽。

ㄅㄧˋ ㄅㄧˋ ㄗㄨㄛˋ

比比坐，唱山歌，爺打鼓，子打鑼。

食杯酒，挾埕茄，挾分你來倕又無。

打爛鐘，投阿婆，阿婆告狀，阿公上樹望。

望著一條蛇，嚇到孫仔地上爬，

看著一條狗，嚇到孫仔弄弄走。

田邊草

田邊草，開白花，
吾爸吾姆話偓毋做家，
等到明年五月節，
嘀嘀嗲嗲過別家。

老阿伯

老阿伯，鬚赤赤，
塩來滷，石頭砛，
煮清湯，請人客。

庄下人家

庄下人家，黃泥廳下，
淨俐禾埕，放柴放杈，
人客來到，鑊頭煮茶，
碗準茶杯，請客食茶，
擎扇擎遮，講長講短，
句句無差。

先生教倔

先生教倔人之初，
又教學生打山豬，
山豬泅水過河壩，
先生跌到背駝駝。

伯公伯婆

伯公伯婆，無剛雞無剛鵝，

剛隻鴨仔，像蝠婆，豬肉料像楊桃，

愛食你就食，毋食偓也無奈何！

請你食酒傍田螺，酒又無擐著，

轉去擐做得無？

伯勞嫲

伯勞嫲，嘴哇哇，
有嘴講別人，
無嘴講自家。

阿丑琢

阿丑琢，賣膏藥，
賣無錢，火就著，
手腳拿來搥，頭那拿來剁。
嘴嘟嘟，想食鹹豆腐，
嘴尖尖，想食蕃薯簽，
嘴圓圓，想食粄仔圓。

阿兵哥

阿兵哥，錢多多，
真可惜，無老婆，
想結婚，無堵好，
睡毋得，滿山趖，
尋無對象，缺嘴个乜好。

阿鵲仔打盤車(一)

阿鵲仔打盤車，一打打到大姊門磈下，
大姊問佢幾時嫁，上晝梳頭下晝嫁，
灶下梳頭嫂會罵，簷唇洗面哥又罵，
哥啊哥，你莫罵！下晝臨暗偓會嫁。

阿鵲仔打盤車(二)

阿鵲仔打盤車，

一打打到大姊門崁下，

大姊問倨幾時嫁？下晝打扮臨暗嫁，

莫嫁上，莫嫁下，一嫁嫁到大水壩，

一頭糖，一頭蔗，食到滿姨牙嗄嗄。

阿啾箭，阿啾唧

阿啾箭，阿啾唧，
上屋叔婆做生日，
愛分倨去也毋分倨去，
害倨打扮兩三日。

阿啾箭，尾鉈鉈

阿啾箭，尾鉈鉈，

無爺無哀，跈叔婆，

叔婆呢？掌牛去咧！牛呢？賣忒咧！

錢呢？開花咧！花呢？結子咧！

子呢？分火燒忒咧！

阿貓牯

阿貓牯，阿貓牯，出門打老鼠，
老鼠跌落陂塘肚，
拈來食，拈來煮，全家食落肚，
爬床抛蓆，肚屎痛喔！
何麼死苦。

計程車

計程車，滿街走，
裡背坐个大戇猴，
愛百箍，撿千票，
你講好笑也毋好笑。

100
1000
TAXI

紅秤砣

紅秤砣，白秤砣，
跌落水底冇冇浮。

食紅棗

食紅棗，年年好，
食冬瓜，發奢奢。

前世無修

前世無修，嫁分古阿友，

食著無，打罵有。

一時癲煉，嫁分彭阿宗，

過年無打粄，過節無綁粽。

毋好嗷

毋好嗷，毋好嗷，
偓帶你去掹地豆，
地豆掛恁多泥，
若个阿姊嫁分偓。

扇仔撥啊撥

扇仔撥啊撥，
鬚仔抹啊抹，
扇仔放啊忒，
鬚仔就打結。

缺牙耙(一)

缺牙耙，耙泥沙，
耙隻窟，種冬瓜，
冬瓜長，割來嘗，
冬瓜大，摘來賣，
賣著兩个錢，拿來學打拳。

缺牙耙(二)

缺牙耙，耙豬屎，屎蓋砂，種冬瓜。

瓜㝡大，摘來賣，賣著三个錢，學打拳。

拳棍斷，學打磚，磚斷截，學打鐵。

鐵生卤，學剾豬，剾豬又蝕本，學賣粉，

粉臭餿，學賣狗，狗腳短，學賣碗。

碗底深，學賣針，針會刺，刺著若屎朏。

逃學狗

逃學狗，滿山走，走無路，爬上樹。
樹斷椏，跌落屎缸下。
轉去囥在眠床下。
厥姆捉來罵，厥爸捉來打。
鄰舍圍來看，大家笑哈哈。

恁仔細，承蒙你

恁仔細，承蒙你，

長透講這句，儕儕心歡喜。

恁仔細，承蒙你，

用嘴講一句，感情當和氣。

恁仔細，承蒙你，

世間會變真生趣。

恁仔細，承蒙你，

儕儕聽著笑哂哂。

謝謝你。

釣枖彎彎

釣枖彎彎，釣黃鱔，
釣枖直直，釣無食，
釣枖短短，釣𪖌卵，
釣枖拱拱，釣歸桶。

莫嗷

莫嗷，莫嗷，乖乖上轎，
又有鑼鼓，又有花轎，
暗晡夜又有新娘公，陪你笑。

羞、羞、羞

羞、羞、羞，
無面見阿舅，
阿舅打草鞋，
湖鰍鑽入泥。

掌牛哥仔

掌牛哥仔面黃黃，
三餐食飯愛攞糖，
若爸毋係開糖店，
若姆毋係繡花娘，
若姊毋係觀音娘。

嘴嘟嘟

嘴嘟嘟，賣豆腐
嘴扁扁，賣牛眼
嘴圓圓，賣粄圓
嘴長長，賣豬腸

勤儉餔娘(一)

勤儉婦娘，鷄啼跕床，梳頭洗面，先煮茶湯，
灶頭鑊尾，抹到光光，煮好早餐，堵好天光，
閅水掃地，孩水滿缸，食飽朝後，洗好衣裳，
上山撿柴，急急忙忙，淋花種菜，燉酒熬漿，
紡紗織布，無離間房，針頭線尾，收拾櫃箱，
毋燒是非，毋敢荒唐，痛惜子女，如肝似腸。

勤儉餔娘(二)

留心舂米，無穀無糠，人客來到，敬茶奉湯，
歡頭喜面，檢點家當，鷄春鴨卵，豆豉酸薑，
有米有麥，曉得留粮，粗茶淡飯，老實衣裳，
越發越儉，毋貪排場，勤儉持家，耐雪耐霜，
撿柴出賣，無蓄私囊，毋偷毋竊，辛苦自當，
毋怨老公，毋怪爺娘，這等餔娘，正大賢良，
人人講好，久遠流芳。

樹頂鳥仔

樹頂鳥仔叫連連，
愛討餔娘又無錢，
兜張凳仔摎爺講，
講來講去又一年。

點指濃紐

點指濃紐，翻車觔斗，
佛祖燒香，黃蟻過岡，
崗崗窿窿，蛇咬屎朏。

懶尸嫲

懶尸嫲，懶尸妹，
講著麼个佢也會，
講著做衫佢也會，
　做个衫像布袋。
講著做帽仔佢也會，
　做個帽仔像鑊蓋。
講著做鞋佢乜會，
　做個鞋仔蟾蜍嘴。
伸一下腰，唉哉！仰恁㾓。

懶尸婦人

懶尸婦人，日仔難過，半晝䟘床，吵三四到，
日高半天，冷鑊死灶，水也無孩，地也毋掃，
頭那毛蓬蓬，過家去尞，講是講非，毋知見笑，
田也毋耕，拿穀偷糶，毋理毋管，畜豬像貓，
老公打佢，開聲大噭，去投外家，目汁像尿，
外家正派，又罵又教，轉毋敢轉，尞毋敢尞，
送轉男家，人人恥笑，當初娶來，用銀用轎，
早知恁樣，懶尸婦人，貼錢送佢，佢也面擻。

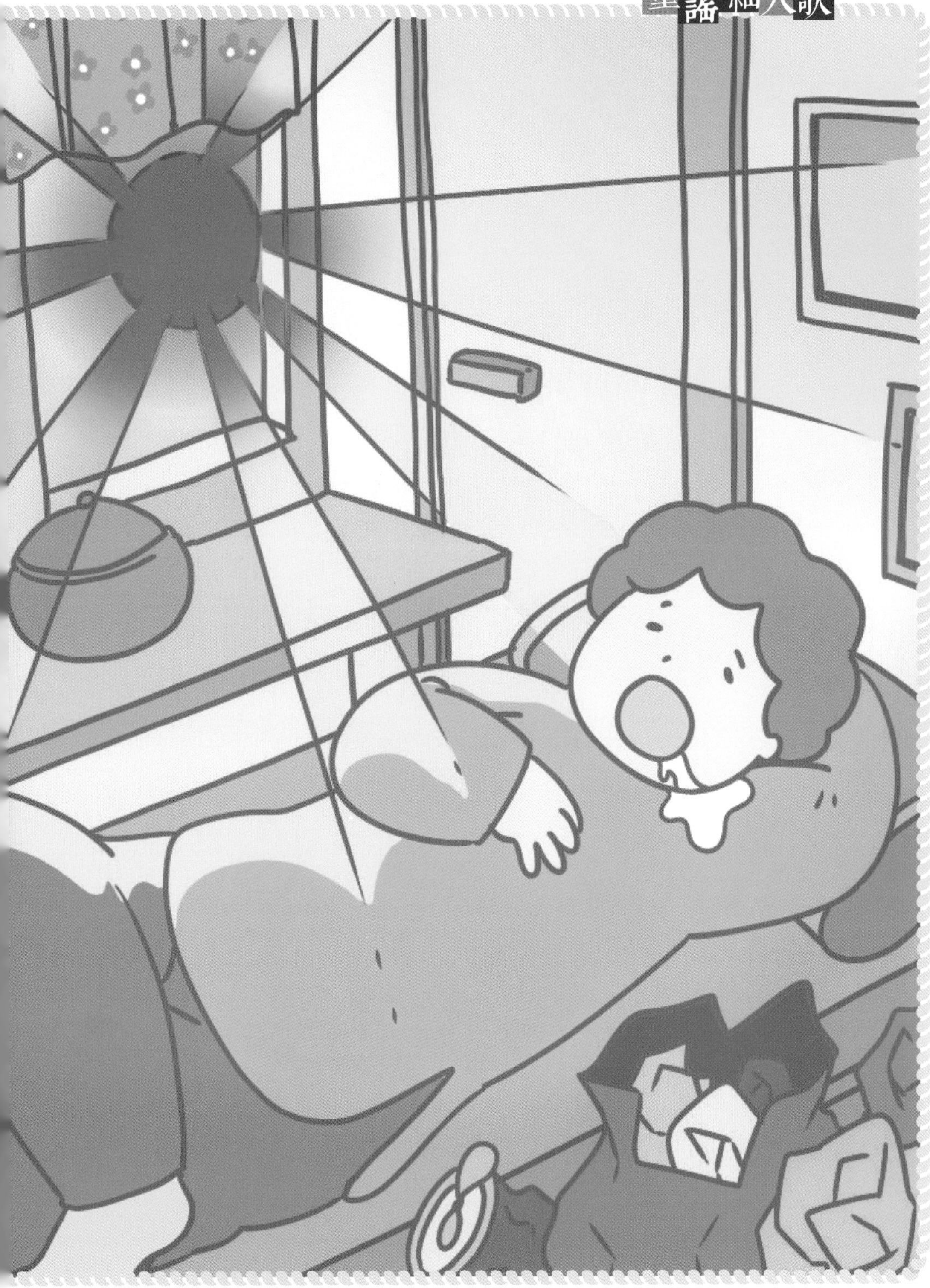

甘蔗甜

甘蔗甜，竹蔗苦，
河頭河尾㓾牛牯，
你拿腸，𠊎拿肚，
拿轉分阿婆阿姊煮。

鷄公仔

鷄公仔尾砣砣，
三歲細人會唱歌，
毋係爺娘教佢會，
自家精怪無奈何。

鷄鵠仔

鷄鵠仔半夜啼，啼醒滿姑趴床學做鞋，
做到一只長一隻短，拿去換鷄卵，
鷄卵圓，換銅錢，銅錢爛，換支扇，
扇撥開，燒成灰，火灰散，分牙旦。

㤘好睡

細老弟　㤘好睡
細老弟，㤘好睡。
𠊎請你食乳嘴。
細老弟無愛睡。
𠊎揇你到外背。
看狗仔做麼个。
昂昂吠。

Note

Note

國家圖書館出版品預行編目資料

童謠細人歌／廖德添編著. ——初版.
——臺北市:五南, 2016.05
面;　公分
ISBN 978-957-11-8176-9(平裝)

863.759　　104011294

4X15 客語系列

童謠細人歌

編　　著— 廖德添
發 行 人— 楊榮川
總 編 輯— 王翠華
主　　編— 黃惠娟
責任編輯— 蔡佳伶
封面設計— 黃聖文
出 版 者— 五南圖書出版股份有限公司
地　　址：106台北市大安區和平東路二段339號4樓
電　　話：(02)2705-5066　　傳　　真：(02)2706-6100
網　　址：http://www.wunan.com.tw
電子郵件：wunan@wunan.com.tw
劃撥帳號：01068953
戶　　名：五南圖書出版股份有限公司
法律顧問　林勝安律師事務所　林勝安律師
出版日期　2016年5月初版一刷
定　　價　新臺幣280元

贊助單位：「客家委員會」